AF401187

ASPASIE.

COMEDIE.

A PARIS,

Chez IEAN CAMVSAT, rüë Saint Iacques,
à la Toifon d'Or.

M. DC. XXXVI.

AVEC PRIVILEGE DV ROY.

PERSONNAGES.

LYSIS,	Amoureux d'Aspasie.
ASPASIE.	
ARGILEON,	Pere de Lysis.
AGENOR,	Pere d'Aspasie.
HERSILIE,	Mere d'Aspasie.
DIONEE,	Amie d'Aspasie.
TELEPHE,	Frere d'Argiléon.
TELESIN,	Vallet d'Argileon.

ASPASIE

ACTE PREMIER.

SCENE PREMIERE.

LYSIS.

QVE ton pouuoir est grand, Beauté, present
   des Cieux,
Doux charme de nos cœurs, delices de nos
   yeux;
Et dont la chere Idée, auec vn trait de flame
Penetre par nos sens, & se graue en nostre ame.
Soit que dedans les eaux tombe l'Astre qui luit,
Soit qu'il chasse les feux & l'ombre de la nuict,
Incessamment paroist deuant ma fantaisie
L'adorable portrait de ma belle Aspasie.

A

Non comme ces portraits, que d'vn art plus qu'humain
Produiroit le pinceau d'vne sçauante main :
Mais vn portrait viuant, tel qu'elle est elle-mesme,
Animé des vertus & des graces que j'ayme.
Toutefois cet objet si cher à mes desirs,
Impuissant pour donner de solides plaisirs,
Ne me peut garantir d'vne eternelle enuie
D'aller reuoir sa source, & celle de ma vie.
Je veux voir Aspasie ; helas ! à quel dessein ?
Je la cherche à toute heure, & je l'ay dans le sein.
Je la cherche, il est vray, l'ayant dans la pensée ;
Et ce desir n'est pas vne ardeur insensée,
Puis qu'Amour m'y conduit, pour acquerir le bien
De me mettre en son cœur, comme elle est dans le mien.
Desia sa volonté ne m'est plus si contraire,
Mes soins respectueux commencent à luy plaire ;
Et je commence à vaincre, ayant bien combattu,
Malgré l'austerité de sa chaste vertu.
Souuent ses doux regards m'en donnent asseurance :
Mais vn obstacle seul trouble mon esperance.
Mon pere qui surpasse en richesse le sien,
Ne consentira pas à cet heureux lien.
Dieux ! quelle cruauté ! que ma propre fortune
Fatale à mes desseins me nuise & m'importune.

En me fauorifant le fort m'eft rigoureux ;
Et pour trop de bonheur je me voy malheureux.
Vertu, grace, beauté, courage, honneur, nobleffe,
Ioignez tous vos efforts pour vaincre la richeffe :
Aymables qualitez de l'efprit & du corps,
Combattez fon pouuoir, & foulez fes trefors :
Domptez fon infolence, & fon orgueil extréme,
Qui font qu'elle ne craint & n'ayme qu'elle mefme
Mais quoy ? je fuis l'autheur du mal dont je me plains ;
Et je fuis reueftu des armes que je crains.
En moy cette richeffe aueugle & criminelle
Tafche à vaincre l'amour, & me rendre infidelle.
Toutefois mefprifant le courroux paternel,
Ie puis les affembler d'vn accord eternel :
Pourueu que la vertu de celle que j'adore
Confente à ce deffein. Mais je voy mon Aurore.
Le Ciel vient de s'ouurir. Quelle douce clarté
De mon ame a foudain le nuage efcarté ?

SCENE II

LYSIS. ASPASIE

LYSIS.

DIEVX! que j'ay la Fortune aujourd'huy fauorable,
Qui m'offre en vous voyant vn bien si desirable.

ASPASIE.

Pour l'extreme plaisir que vous feignez auoir,
C'est vn bien trop commun que celuy de me voir.

LYSIS.

C'est de ces biens communs, ainsi qu'est la lumiere,
De toutes les beautez, apres vous la premiere.

ASPASIE.

Je voy doncques, Lysis, que sans estre jaloux,
Vous pouuez estimer les biens communs à tous.

LYSIS.

Aymant vne beauté de cent graces pourueuë,
Je veux, si j'ay son cœur, qu'vn autre en ayt la veuë.
Le plaisir des Amans, c'est de voir admirer
L'adorable sujet qui les fait souspirer;
Et s'il arriue encor qu'ils soient aymez de mesme,
En voir d'autres languir, c'est leur gloire suprême.

Vn semblable bonheur me peut venir de vous:
Rendez en m'obligeant tous les autres jaloux.
ASPASIE.
Vous voulez estre heureux, & donner de l'enuie?
LYSIS.
Ie gousterois les biens les plus grands de la vie.
ASPASIE.
Lysis, n'estes-vous pas vn Amant dangereux?
Vous voulez que vostre heur fasse des malheureux,
Pour vous plaire, il faut donc qu'vne faueur esclate,
C'est auoir en amour l'humeur bien delicate.
LYSIS.
Mon dessein n'est pas tel; & peut-on m'accuser
De cette vaine humeur, voulant vous espouser?
Car sans faire esclatter les plaisirs de ma vie,
Toute chose icy bas me porteroit enuie.
Receuez donc mes vœux.
ASPASIE.
                     Ie le veux bien ainsi:
Vostre honneste dessein me donne à vous aussi.
LYSIS.
Adorable propos osé-je bien vous croire?
ASPASIE.
Vos deuoirs sur mon ame ont acquis la victoire;

A iij

Lysis, je le confesse, & ma seuerité
Reçoit auec respect vostre fidelité.
J'ayme vostre amitié, j'ayme vostre sagesse,
Et cheris vos vertus plus que vostre richesse.
Au contraire, Lysis, j'apprehende vos biens.
Je les voudrois moins grands pour s'égaler aux miens.
Vostre fortune moindre augmenteroit la nostre.
Vostre pere voudra vous en choisir vn autre,
Dont le bien soit plus grand, & plus égal au sien.

LYSIS.

Il sçaura qu'apres vous je n'espere plus rien,
S'il cognoist la grandeur du mal qui me possede,
Il ne m'en voudra pas refuser le remede,
Je croy que je verray son esprit abbattu
Par l'amour qu'il me porte, & par vostre vertu.
Il me faut de mon oncle implorer l'assistance.

ASPASIE.

Faites tous vos efforts selon vostre prudence.

LYSIS.

Mais si je ne pouuois gagner sa volonté?

ASPASIE.

Nostre heur ne peut venir sinon de ce costé.

LYSIS.

Je puis vous espouser, bien qu'il y soit contraire.

ASPASIE.

Ah! son consentement nous est trop necessaire.
Mon pere est sans reproche; & seroit bien marry
Qu'aux despens de l'honneur j'achetasse vn mary.

LYSIS.

Vous seule donc, sans eux, soyez-moy secourable.
Vn chaste mariage est tousiours honorable.

ASPASIE.

Quoy? s'espouser sans eux? ce seroit les trahir.
Tentez l'autre moyen.

LYSIS.
　　　　　　Je veux vous obeïr.
Je m'en vay chez mon oncle.

ASPASIE.
　　　　　　Et moy chez Dionee,
Pour l'amener icy passer cette journee.

LYSIS.

Adieu, trop sage esprit pour vn cœur amoureux.

ASPASIE.

La Vertu n'a jamais vn succez malheureux.

SCENE III
ARGILEON.

IE me flatte, il est vray, de cent mille raisons.
Quand la raison nous manque, alors nous nous faisons
Vne raison nouuelle, aueugle, & temeraire,
Et qui naissant de nous, se plaist à nous complaire.
J'ay dequoy me deffendre, & me contrarier:
Mais que sert tout cela? je me veux marier.
Elle est belle, elle est jeune, & n'est pas sans courage:
Mais la douce vertu qui luit sur son visage,
Me remplit d'asseurance, & me fait esperer
Qu'elle peut d'vn vieillard les deffauts endurer.
Enfin i'ay de l'amour; & mon ame est saisie
Des aymables attraits de la sage Aspasie.
Elle peut rendre heureux le reste de mes iours.
Je n'ay plus de Lysis ny plaisir, ny secours:
Car depuis quelque temps vne morne tristesse
Corrompt ses ieunes ans, & trouble ma vieillesse.
Des biens qu'auec le sort mon trauail me depart,
Jl aura la plus grande & la meilleure part.
Ie luy fay peu de tort faisant ce mariage;

Et

Et ie veux qu'Aspasie ayt le reste en partage.
Ie pense que son pere en sera bien content,
Ne pouuant pas d'ailleurs en esperer autant.
Elle n'aspiroit pas à fortune si grande.
Ie m'en vay dés cette heure en faire la demande.

SCENE IV.

ARGILEON. AGENOR.

ARGILEON.

QVE *le Ciel, Agenor, vous comble de bonheur.*
AGENOR.
Et vous, Argileon, de richesse & d'honneur.
ARGILEON.
Ce jour soit à mes vœux fauorable & propice.
AGENOR.
Serois-je assez heureux pour vous rendre seruice?
ARGILEON.
C'est bien vne faueur que je viens demander.
AGENOR.
C'est à moy d'obeïr, à vous de commander.
ARGILEON.
Ie viens vous presenter & mes biens & ma vie.

Sçachez que voftre fille a mon ame afferuie.
Sa vertu, fa beauté, fes yeux graues & doux
M'ont rendu fon efclaue, & me donnent à vous.
Ie vous prie, Agenor, receuez-moy pour gendre.
                    AGENOR.
Auec peine je croy ce que je viens d'entendre.
                 ARGILEON.
Ie vous parle du cœur.
                    AGENOR.
                        Vous allier à moy?
                 ARGILEON.
A vous.

                    AGENOR.
        Auec plaifir cet honneur je reçoy,
Pourueu que ma fortune à la voftre inégale
Ne trouble point vn jour l'amitié conjugale.
                 ARGILEON.
I'eftime fa vertu cent fois plus que mes biens :
Mais pour rendre parfait le bonheur que j'obtiens ;
Faites que voftre fille auec vous y confente.
                    AGENOR.
Il n'en faut point douter, elle eft obeïffante.
Puis, quel bonheur plus grand pourroit-elle efperer?
                 ARGILEON.
Elle peut vn mary plus jeune defirer.

L'humeur des vieilles gens quelquefois est à craindre.
Pour moy je ne voudrois nullement la contraindre.

AGENOR.

Ma fille a peu de bien, mais beaucoup de raison.
Elle est par sa vertu l'heur de nostre maison.
(Pardon si je la louë, afin de vous distraire
De croire qu'à son bien son desir fust contraire.)

ARGILEON.

Ie suis donc trop heureux.

AGENOR.

Faites-moy cet honneur
De vouloir à ma femme annoncer ce bonheur.
Qu'vn accord solemnel à cette heure nous lie.

ARGILEON.

Ie le veux, Agenor, allons voir Hersilie.

SCENE V.

LYSIS. TELEPHE.

LYSIS.

Mon mal, ie le confesse, est reduit à l'extrême.
Ne pouuant posseder cette beauté que j'ayme,
Il faut que je perisse, & que je fasse voir
De ma fidelité l'inuincible pouuoir.

Depuis que je la vis, je languis de tristesse,
Detestant l'importune, & cruelle richesse,
Comme vn fardeau pesant à mon sort attaché,
Sous qui de mon bonheur l'espoir est empesché.
Sa fortune n'est pas à la mienne pareille?
Mais quoy? de sa vertu l'adorable merueille,
La douceur de ses mœurs, sa race, sa beauté,
Peuuent recompenser cette inégalité.
Mon oncle, c'est en vous aujourd'huy que j'espere.
Obtenez-may cet heur; & sçachez que mon pere
Me cherchant vn party d'vn bien plus éclattant,
Veut me rendre plus riche, & non pas plus content.

TELEPHE.

Lysis, consolez-vous, ie souffre vostre peine:
Ie ne veux vous flatter d'vne esperance vaine:
Mais ie croy que mes soins arracheront de luy
Le remede qu'il faut pour guerir vostre ennuy.
I'exciteray l'amour que doit auoir vn pere:
Aux puissantes raisons ie ioindray la priere;
Et trouueray peut-estre vn esprit preparé,
Pour donner à vos vœux vn bien si desiré.

LYSIS.

L'espoir que vous auez rend mon ame rauie.
Telephe, entre vos mains ie vay laisser ma vie.

TELEPHE.
Adieu, ie le verray.

LYSIS.
Quand?

TELEPHE.
En partant d'icy.
Banniſſez cependant la crainte & le ſoucy.

SCENE VI.

ARGILEON. AGENOR. ASPASIE.
DIONÉE.

ARGILEON.

A DIEV. Ne doutant point du vouloir d'Aſpaſie,
Cette meſme iournee eſt donc par nous choiſie
Pour celebrer la nopce, entre nous ſeulement.
A faire mes appreſts ie ne veux qu'un moment.
Mes parens, enuieux de l'heur de cette feſte,
Voudroient rompre ce coup, & me romproient la teſte.

AGENOR.
Vous pouuez diſpoſer d'Aſpaſie & de moy.

ARGILEON.
Adieu donc, Agenor.

B iij

ASPASIE.
Dieux! qu'est-ce que ie voy?
DIONEE.
Ils sont desia d'accord; & la demande est faite.
ARGILEON.
Quel heur offre à mes yeux celle que ie souhaitte?
Ie m'en vay l'aborder comme veut mon deuoir.
ASPASIE.
Sans doute il vient à nous.
DIONEE.
Allez-le receuoir.
ARGILEON.
Les Dieux soient, Aspasie, à vos vœux fauorables.
ASPASIE.
Que le bonheur & vous soyez, inseparables.
ARGILEON.
Entre mille partis que ie pouuois choisir,
Vous seule auez esté conforme à mon desir.
Ce que i'ay de plus cher à vous ie le presente.
Vostre pere le veut, vostre mere est contente:
Fauorisez aussi l'ardeur d'vn amoureux,
Qui vous comblera d'heur en le rendant heureux.
ASPASIE.
Ie n'ay point de vouloir.

ARGILEON.

Belle, au moins que i'obtienne
Que voſtre volonté s'accorde auec la mienne.

ASPASIE.

Ceſſez, Argileon, de me parler ainſi :
Ce que mon pere veut, ie le deſire auſſi.
Je ſçay qu'il m'ayme aſſez, qu'il a de la prudence ;
Et ie dois auec luy cherir voſtre alliance.

ARGILEON.

Puiſque voſtre deſir aux noſtres eſt égal,
Dés ce iour nous ferons ce lien conjugal :
Car ie ne veux point voir cette nopce troublée
Par l'importunité d'vne grande aſſemblée.
Vn bonheur ſi parfaiɕt ne ſe doit differer.

ASPASIE.

Soit ainſi qu'il vous plaiſt.

ARGILEON.

Allez vous preparer :
Ie reuiendray bien toſt pour vous conduire au Temple,
Admirable ſageſſe, & beauté ſans exemple.

DIONEE.

Hé Dieux ! fut-il iamais vn bien mains eſperé ?
Voyez le prampt effet, pour auoir imploré
Le ſecours de Telephe.

ASPASIE.

Il est vray, Dionée,
Que ie n'attendois pas tant d'heur cette iournée.
Telephe sur son frere a bien eu du pouuoir.

DIONEE.

L'amitié pour son fils aura pû l'émouuoir;
Et connoissant l'excez de son amour extreme,
Il veut bien à ses vœux donner celle qu'il ayme.

ASPASIE.

Mais, chere Dionée, entrons dans la maison.
Icy les entretiens ne sont pas de saison.
Sans doute mes parens me cherchent pour m'apprendre
Cette heureuse alliance où nous n'osions pretendre.

DIONEE.

Allons doncques les voir, & ne differons plus.
C'est perdre icy le temps en discours superflus.

ACTE

ACTE SECOND.

SCENE PREMIERE.

LYSIS. ASPASIE. DIONEE.

LYSIS.

QVELLE *ardeur inquiete en amour nous*
transporte?
Ie repasse en vn iour cent fois deuant sa
porte:
Ce logis a pour moy d'insensibles appas;
Et ie m'y sens porté mesme en n'y pensant pas.
Mais i'entens que l'on ouure; hé Dieux! c'est elle mesme.
Ie rends graces, Amour, à sa bonté suprême,
Qui doucement m'oblige à venir en ces lieux.
Heureux, quand ie n'aurois qu'vn regard de ses yeux.
Quel dessein vous conduit?

ASPASIE.

Ie vous ay veû parestre,
Ayant mis par hazard la teste à la fenestre;
Et ie suis descenduë aussi tost pour vous voir.

C

LYSIS.

Quel bien plus defiré pouuois-ie receuoir?

ASPASIE.

Hé bien, mon cher Lyfis, noftre fortune eft grande.

LYSIS.

Helas! quelle fortune?

ASPASIE.

      Hé! Dieux, quelle demande?
Quoy? vous ne fçauez pas? mais vous nous amufez.

LYSIS.

Que fçay-ie?

DIONEE.

    Qu'auiourd'huy vous ferez efpoufez.

LYSIS.

Ah! ne vous mocquez point.

DIONEE.

     Ce n'eft point mocquerie:
L'on va vous marier.

LYSIS.

      Laiffons la raillerie:
C'eft vn foible moyen pour guerir mon foucy.

ASPASIE.

Lyfis, Argileon vient de partir d'icy.
Il a fait la demande, & ie fuis accordée.

LYSIS.

Mon pere a veû le voſtre? & vous a demandée?

ASPASIE.

Lyſis, il eſt ainſi.

LYSIS.

Telephe en un moment
Auroit ſur ſon eſprit agy ſi puiſſamment?

ASPASIE.

Je ne vous trompe point : la choſe eſt bien certaine :
Ce n'eſt point vous donner vne aſperance vaine.

LYSIS.

Bons Dieux! eſt-il poſsible?

DIONEE.

Il eſt vray, pour le moins,
Noſtre oreille & nos yeux en ſont de bons teſmoins.

LYSIS.

Soit le Ciel fauorable à tout ce qu'il deſire.
En me donnant à vous, il me donne vn empire.
Pere, dont la bonté ne ſe peut eſtimer,
Que ie vous dois ſeruir? que ie vous dois aimer?
Donc ſçachant que ma vie en martyre ſe paſſe,
Il preuient mon attente, & m'oblige auec grace :
Donc ſans m'entretenir dans la crainte & l'eſpoir,
Il court à mon remede, auant que de me voir.

C ij

Il fait que de plaisirs ma tristesse est suiuie ;
Et ie luy suis deux fois obligé de la vie.
Mais encor, dittes-moy, qui vous a donc appris
Cet estrange bonheur qui rauit mes esprits ?

ASPASIE.

Luy mesme, ayant traité l'accord auec mon pere,
M'a fait sçauoir le tout, & qu'il se delibere
De reuenir bien tost pour vous conduire icy.
Vostre absence à present le peut mettre en soucy.

DIONEE.

Allez doncques, Lysis, cette mesme iournée
Il veut sans aucun bruit faire cet hymenée.

LYSIS.

Ie m'en vay le trouuer, ce temps est important.

ASPASIE.

Adieu iusqu'au retour.

DIONEE.

                    Dieux ! qu'il s'en va content ?

ASPASIE.

Il nous quitte à propos : ie voy sortir ma mere.
Laisse-moy seule icy : sans doute elle differe
A m'ouurir le propos de cet heureux accord
Te voyant auec moy.

DIONEE.

Ie connois que i'ay tort:
Car i'ay deû le preuoir. Ie vous laiſſe auec elle;
Et vay loüer les Dieux au temple de Cybele.

SCENE II.

HERSILIE. ASPASIE.

HERSILIE.

MA fille, ie vous cherche, & vous veux annoncer
Vn bien qui noſtre eſpoir peut beaucoup ſurpaſſer.
Le riche Argileon nous recherche, & vous ayme.

ASPASIE.

Ma mere, il eſt bien vray, ce m'eſt vn heur extrême.
Luy meſme ce matin m'en a voulu parler.

HERSILIE.

L'ayſe que i'en reſſens ne ſe peut égaler.
Il faut loüer les Dieux, c'eſt vn grand auantage.
Entre vous & ſon fils tous ſes biens il partage.
Vous ſerez bien-heureuſe, & dés ce meſme iour
Il doit vous eſpouſer pour monſtrer ſon amour.

ASPASIE.

Ma mere, c'eſt à vous d'ordonner de ma vie;

Et voſtre volonté par moy ſera ſuiuie.

####### HERSILIE.

Bien que vous ſoyez ſage, encor ſouuenez-vous
Que l'on doit honorer & ſeruir ſon eſpoux.
Argileon auſſi vaut bien qu'on le reuere.
Ma fille, vous deuez le cherir comme vn pere.

####### ASPASIE.

Ie luy rendray touſiours l'honneur que ie luy dois.

####### HERSILIE.

Il eſt vray, qu'il eſt vieil plus que ie ne voudrois.

####### ASPASIE.

Hé quoy? qu'y ferions-nous? cela ne nous importe.

####### HERSILIE.

Mais il ſe porte bien, cela me reconforte.

####### ASPASIE.

Le plaiſir qu'il aura de nos chaſtes amours,
Fera multiplier le nombre de ſes iours.

####### HERSILIE.

Il faut plaire à ſon fils tout autant qu'à luy-meſme.

####### ASPASIE.

C'eſt à quoy i'ay deſſein de mettre vn ſoin extrême.

####### HERSILIE.

Quelqu'ennuy pourra bien le ſaiſir à l'abord,
Que ſans l'en aduertir on ait fait cet accord.

ASPASIE.

Cet aduertiſſement n'eſtoit point neceſſaire :
Ie croy que cet accord ne ſçauroit que luy plaire.

HERSILIE.

Il ſe paſſeroit bien d'auoir vn tel plaiſir.

ASPASIE.

Quoy? ne penſez-vous pas que ce ſoit ſon deſir?

HERSILIE.

Vn fils n'eſt point content qu'vn pere ſe marie.

ASPASIE.

Il ſe marie? à qui? dites-moy, ie vous prie :
Ie ne l'auois point ſceu.

HERSILIE.

   Vous le ſçauez vrayment,
C'eſt à vous.

ASPASIE.

   C'eſt à moy? ma mere, aſſeurement
Voſtre eſprit ſonge ailleurs.

HERSILIE.

   Mais vous reſvez vous-meſme.
Vous ſçauez que c'eſt vous qu'il recherche, & qu'il ayme.

ASPASIE.

Ouy, mais c'eſt pour ſon fils.

HERSILIE.

Ne vous y trompez pas.
Pour luy-mesme.

ASPASIE.

Ah! pluftoft m'arriue le trépas?
Mais, ma mere, croyez, que vous eftes trompée;
Et peut-eftre auiez-vous l'ame ailleurs occupée;
Il parle pour fon fils.

HERSILIE.

Je ne m'abufe point.
Penfez-vous que l'on peuft fe tromper à ce point?
Il m'a luy-mefme ouuert le fecret de fon ame:
Luy-mefme vous cherit, vous demande pour femme;
Et quoy qu'il foit vieillard, il veut bien prefumer
Qu'il peut en vous aymant vous induire à l'aymer.

ASPASIE.

Ah! Dieux, que dites-vous? feroit-il bien poßible?
Et peut-il m'arriuer vn malheur fi fenfible?

HERSILIE.

Appellez-vous malheur vn bien qui s'offre à nous?
Et dont nos ennemis feront mefme jaloux?
Vn bien que ie fouhaitte, & dont ie fuis rauie.

ASPASIE.

Je puis nommer malheur ce qui m'ofte la vie.

Ma

Ma mere, on peut trouuer des partis en ces lieux
Plus sortables pour moy, sans se reduire aux vieux :
Quel charme vous surprend, & quel besoin vous presse ?
Pour moy, l'amour des biens aux auares ie laisse.

HERSILIE.

Ma fille, nous auons de plus fortes raisons :
L'honorable dessein d'agrandir les maisons ;
Le plaisir de se voir nager dans l'opulence ;
Sont encor ignorez, d'vne jeune prudence.
Vostre âge fuit tousiours les vtiles conseils :
Rien ne vous plaist qu'à viure auecques vos pareils :
Vn âge different vous fasche, & vous estonne ;
Et dans vostre printemps vous mesprisez l'automne,
Dont les fruicts valent mieux, que toutes les couleurs
De qui le vain éclat peint vos plus belles fleurs.

ASPASIE.

Helas ! pardonnez-moy, ie suis bien temeraire
D'auoir à vos raisons vn sentiment contraire :
Il est vray, je repugne à vos graues discours ;
Et de vostre amitié j'implore le secours :
Ah ! ne m'ordonnez point vne peine si dure :
Vostre sang vous en prie, & ie vous en conjure.

D

HERSILIE.

Ma fille, vous taschez en vain de m'émouuoir!
Car il faut vous refoudre, ou iamais ne me voir.

SCENE III

ASPASIE.

QVEL éclat de tempefte a mon ame frappée?
Efpoirs ambitieux que vous m'auez trompée!
Et vous, flatteufe erreur, agreables momens,
Qui m'auez fait goufter de vains contentemens,
Quelle rage des cieux contre moy coniurée
Vous fit fembler fi doux pour fi peu de durée?
Amour, pour me furprendre, & troubler mon bonheur,
S'eft voulu reueftir des armes de l'honneur;
Et prenant ma conduitte, au lieu d'eftre propice
Le cruel m'a fait choir dedans ce precipice.
Vertu que i'ay fuiuie, où fuyez-vous de moy?
Amour regne en mon cœur, & me donne la loy:
Mais vn honnefte amour deuenu deteftable,
N'agueres innocent, & maintenant coupable.
J'aymois, en attendant vn accord folemnel:
Et le deffein d'autruy rend le mien criminel.

Helas ! i'ayme le fils, & suis promise au pere.
Mon esprit se confond, ie meurs, ie desespere.
Doncques lequel des deux dois-ie suiure ou quitter?
C'est ce que mes desirs auront à disputer.
Contre vn cruel deuoir, tyran des ieunes ames,
Le puissant ennemy des amoureuses flames.
Desirs infortunez, appellez au secours
La raison, les plaisirs, les graces, les amours.
Le deuoir n'a pour luy qu'vn camp plein de foiblesse :
L'auarice le suit, l'importune vieillesse,
La tristesse, le soin, la crainte, la douleur,
Le pasle desespoir, & le triste malheur.
Mais vne authorité puissante & tyrannique
Fauorise l'effort de cette troupe inique ;
Et mes ieunes desirs ardens, & genereux,
Fremissent au seul nom du deuoir rigoureux.
Donc i'abandonneray celuy dont la ieunesse
En vertus éclatante, en merite, en richesse,
Pouuant en lieu plus haut sa franchise engager,
D'vne ferme amitié me voulut obliger?
Donc i'abandonneray celuy qui de son pere
Peut, pour s'vnir à moy, mespriser la colere?
Qui contre l'vniuers peut pour moy s'obstiner,
Et qui pour mon amour veut tout abandonner?

D ij

Donc, pour recompenser vne amitié si sainte,
Dois-ie en l'abandonnant obeïr à la crainte ?
Et traistresse & sans cœur, puis-ie donner la foy,
Mesmes à celuy-là qu'il veut quitter pour moy ?
O sacré nom de pere, autrefois venerable,
Maintenant de mes vœux l'horreur espouuentable,
Que vous estes sensible & triste à mon penser.
A peine en ma douleur vous puis-ie prononcer.
De deux peres vnis l'aueugle intemperance
Meurtrit de leurs enfans la vie & l'esperance,
L'vn porté d'auarice, & l'autre d'vn desir
Injuste, ridicule, & plein de desplaisir.
Helas ! lors que sa teste enfantoit ce caprice,
Nous ne craignions de luy que la seule auarice :
L'autre fureur encor nasquit hors de saison,
Pour renuerser nostre heur auecque sa raison.
Alors d'vn petit mal nous auions à nous plaindre,
Vn plus grand se formoit que nous ne pouuions craindre.
Quelle fatalité de craindre, & de penser
Que ce pere en ce bien nous deuoit trauerser ?
Presage malheureux, & par trop veritable.
Quoy, doncques ie verray cet Amant deplorable,
A toute heure, en tous lieux, triste, & sans reconfort,
Souffrant pour ma foiblesse vne eternelle mort ?

Et ie pourray furuiure à ce malheur extrême?
Quoy? ie le pourray voir fans l'aymer, & qu'il m'ayme?
Donc il nous faudra viure en des foins eternels
D'eftouffer nos penfers comme des criminels?
O cruauté du fort, deftins infupportables;
A quel poinct voulez-vous nous rendre miferables?
Mais, bons Dieux, quel remede? & quel fort iugement
Trouueroit les moyens pour auoir mon Amant?
Soit que foulant aux pieds l'honneur que ie reuere,
Ie veüille refifter au deffein de fon pere,
Ou foit que mefprifant la promeffe du mien,
Ie deliure mon col de ce trifte lien,
A l'obftacle premier vn autre mal s'affemble,
Vaincrons-nous vn auare, & jaloux tout enfemble?
Et mon pere irrité, dont peut eftre à ce iour
Ie feray parricide en flattant mon amour?
Raifon, que dois-ie faire? Amante infortunée,
Il faut donner ta vie à qui te l'a donnée.
Prefente en facrifice à ce viuant Autel
Tes vœux, & tes plaifirs, pour deuoir immortel.
Amour, retirez-vous auec vos foibles armes,
En vous difant Adieu, ie vous donne ces larmes.

D iij

SCENE IV.

HERSILIE. ASPASIE.

HERSILIE.

HE' bien donc, Aspasie, auez-vous resolu
De ne point approuuer ce qu'vn pere a voulu ?
Vn pere qui vous ayme ? & de qui la sagesse
Connoist ce qu'il vous faut mieux que vostre jeunesse ?
A quoy seruent ces pleurs, nez d'vne folle erreur
Qui veut d'vn iuste pere irriter la fureur ?
Faut-il, ayant promis, que l'affront luy demeure ?

ASPASIE.

Ces pleurs naissent en moy d'vne source meilleure.
Ils partent de l'amour qu'à mon pere ie dois.
Ie veux ce qui luy plaist, ie suis dessous ses loix.
Pardonnez à mon cœur ces legeres alarmes.
Si i'estois sans respect, mes yeux seroient sans larmes.

HERSILIE.

Vous me rendez contente, en me parlant ainsi.
Consolez-vous, ma fille, & soyez sans soucy.
Vous sçaurez quel bien c'est de se voir à son aise.
Auecques la richesse il n'est rien qui ne plaise.

Jeunes ou vieux maris estant accoustumez,
Sont d'vne femme honneste, également aymez.
La beauté, les plaisirs, se passent en peu d'heure.
Dans vne sage main la richesse demeure;
Et ce puissant secours aux hommes precieux,
Par les jeunes se perd, & s'accroist par les vieux.
Quand vne folle ardeur fait naistre vn hymenée;
Cette flame est bien tost de force abandonnée.
Amour, ce Dieu si fort, cede auec lascheté
Aux redoutables traits de la necessité.
Il fuit au premier choc d'vne fortune aduerse,
Qui flames, & plaisirs, & ieunesse renuerse.
Pour auoir ces pensers, ie n'ay que trop vescu.
Souffrez que par mon sens, le vostre soit vaincu.
C'est trop ietter de pleurs, pour vne fille habile.
Quoy? vous tiendrez vn rang des premiers de la ville;
Et ne receuriez pas si grand honneur de tous,
Quand mesme vous auriez, Lysis pour vostre espoux.
Vous souspirez encor.

ASPASIE.

O beau nom qui me tuë.

HERSILIE.

Que dittes-vous, ma fille? estes-vous combattuë
Par quelqu'autre raison, qui fasse de l'effort

Pour troubler voſtre eſprit?
A S P A S I E.

Non, ma mere, i'ay tort
D'amoindrir par mes pleurs la grandeur de voſtre ayſe.
Ie veux ce qui vous plaiſt.
H E R S I L I E.

Que voſtre deüil s'appaiſe,
Pour le bien receuoir & pour l'entretenir:
Sechez un peu vos yeux, il doit bien toſt venir.
A S P A S I E.

Parens doux, & cruels, que le bien ſeul anime,
Ie ſuis de vos deſirs l'innocente victime.

SCENE V.

ARGILEON.　TELESIN.

ARGILEON.

TELESIN, te iugeant & fidelle & prudent,
Ie t'ay voulu choiſir pour mon ſeul confident:
Nul des miens ſinon toy ne ſçait cette nouuelle:
Ie m'en vay de ce pas eſpouſer cette belle.
Lyſis qui n'en ſçait rien, aura beau murmurer.

Il ne sçauoit que dire en me voyant parer.
TELESIN.
Ce n'est pas pour guerir l'ennuy qui le consume.
ARGILEON.
Il me semble aujourd'huy plus gay que de coustume.
Mesmes il me rendoit des deuoirs d'amitié
Propres pour m'obliger, qui me faisoient pitié.
Il sembloit inquiete, & de mine empressée,
Pour sçauoir quel dessein i'auois dans la pensée.
TELESIN.
Il paroist interdit de certaine façon,
Que ie croy qu'il pourroit auoir quelque soupçon.
ARGILEON.
Il ne peut rien sçauoir, Telesin, ie t'assûre.
Mais c'est en luy, possible, vn instinct de nature;
Et mon sang qui s'esmeut, peut-estre pourroit bien
Par vn secret rapport mouuoir aussi le sien.
TELESIN.
Il faudra toutefois que bien tost il le sçache.
ARGILEON.
Ce n'est pas pour long temps que de luy ie me cache.
Tantost il le sçaura me voyant de retour.
Quand il verra l'objet d'vne si sainte amour,
Ie ne croy pas qu'alors mon dessein luy desplaise;

E

Et ie veux m'asseurer qu'il en sera bien ayse,
Sa vertu, sa beauté, sa grace, sa douceur,
L'obligeront sans doute à l'aymer comme sœur.

TELESIN.

Il aymeroit bien mieux la seruir en Maistresse.

ARGILEON,

Mais allons, on m'attend, desia l'heure nous presse.

ACTE TROISIESME.

SCENE PREMIERE.

ARGILEON. AGENOR. ASPASIE.
HERSILIE. TELESIN.
fortans du Temple.

VE *les Dieux immortels, qui nous ont*
affemblez,
De vrays contentemens rendent nos iours
comblez.
Quelle fortune au monde à mon heur fe compare?
Ayant pour ma compagne vne beauté fi rare,
Dont la vertu parfaite, & l'aymable douceur,
Rendront cent fois heureux vn iufte poffeffeur?

AGENOR.

Nous fommes tous contens: ne refte, ce me femble,
Qu'à la mener chez vous, puis vous laiffer enfemble.

ARGILEON.

Ie vous veux vne grace encore demander.

AGENOR.

Il n'eft rien qu'à vos vœux on ne doiue accorder.

E ij

ARGILEON.

Je vous ay fait sçauoir, qu'au moins cette iournée,
Je veux à mes parens cacher cet hymenée;
Et ne veux point souffrir que ce soir bien-heureux
Puisse en aucune sorte estre troublé par eux.
Je puis estre esclairé de leurs yeux à toute heure,
Car ils sont tous logez autour de ma demeure;
Si l'on void auec moy tant de gens assemblez,
Aussi tost de soupçons leurs cœurs seront troublez:
Ils voudront tout sçauoir, & c'est toute ma peine.
Permettez-moy que seule aujourd'huy ie l'emmeine.
Venez tous auec moy demain vous réjoüir:
Lors ie ne craindray rien, quoy que ie puisse oüir.

A S P A S I E.

Desia quitter ma mere? en l'estat où nous sommes,
Assemblez par les Dieux, pourquoy craindre les hommes?

ARGILEON.

Non, ie ne les crains pas, mais l'importunité
Qui troubleroit l'excez de ma felicité.
Ie vous prie, Agenor, faites-moy cette grace:
Que ce iour bienheureux sans murmure se passe.

AGENOR.

Argileon, ie cede à vos iustes desirs:
Goustez en liberté les honnestes plaisirs.

HERSILIE.

Suiuez, Argileon, ma fille, il le desire.
Ie souffre, en me quittant, que vostre cœur souspire.

ARGILEON.

Ces larmes de tendresse augmentent sa beauté.

AGENOR.

C'est l'Adieu que l'on dit à la virginité.

ARGILEON.

Adieu donc. Telesin, conduisez Aspasie.
Ie m'en iray deuant.

ASPASIE.

Que i'ay l'ame saisie!

SCENE II.

ARGILEON. LYSIS. ASPASIE.
TELESIN.

ARGILEON.

L YSIS, ie vous deffens de monstrer du soucy.
Depuis le peu de temps que ie suis hors d'icy,
I'ay fait vn mariage; & ie ne suis qu'en peine
Si vous aurez à gré la femme que j'ameine.

LYSIS.

Mon pere, à mon bonheur rien ne peut s'adjouster:

E iij

En vous voyant content, ie me puis contenter.

ARGILEON.

Le beau choix que i'ay fait ne vous doit pas déplaire.

LYSIS.

C'est bien là le plus beau que vous eußiez pû faire ;
Et ie suis obligé, pour vn si grand bonheur,
De rendre à vos bontez, vn eternel honneur.
Le Ciel me fit heureux, en me donnant vn pere
Qui les rares vertus aux richesses prefere ;
Et qui dans sa maison, par vn sain iugement,
Ameine la sagesse, & le contentement.

ARGILEON.

Mon fils, ie trouue en vous l'esprit que ie souhaitte.
Il vous faut l'honorer d'vne amitié parfaite :
Vous me rendrez heureux.

LYSIS.

                 Helas ! ie vous promets
De l'aymer, l'honorer, & luy plaire à iamais.

ARGILEON.

C'est ce que i'attendois de vostre ame bien née.
Mais ie m'en vay querir vn Prestre d'hymenée,
Qui fera sur le lit les ordinaires vœux.

LYSIS.

Que ce soit moy plustost.

ARGILEON.

Moy-mesme, ie le veux.
Et cependant, Lysis, ie vous laisse auec elle.
Au moins ne laissez pas ennuyer cette belle.
Et pour vous, Telesin, donnez ordre au repas.
Que tout soit en estat.

TELESIN.

Je n'y manqueray pas.

ARGILEON.

Au fort de mon bonheur i'ay ce malheur extrême
Que ie me voy reduit à me seruir moy-mesme.
Car tout autre iugeant mes desirs impuissans
Pourroit pour s'en mocquer en parler aux passans.

SCENE III.

LYSIS. ASPASIE.

LYSIS.

PLAISIRS, dont la grandeur surpasse mon attente,
Rendistes-vous iamais vne ame plus contente?
O fauorable iour, ô desirs fortunez.
Delices de mon cœur. Quoy? vous vous destournez?
Faites-moy voir vos yeux, & par quelque caresse

Soulagez mon ardeur. Mais Dieux! quelle tristesse?

Au moins regardez moy d'vn visage plus doux.

A S P A S I E.

Je ne puis vous souffrir, Lysis, retirez-vous.

L Y S I S.

Helas! hors de saison vous me semblez cruelle.

A S P A S I E.

Ayant plus de douceur, ie serois criminelle.

L Y S I S.

En l'estat où ie suis, parler si tristement?

A S P A S I E.

En l'estat où ie suis, ie ne puis autrement.

L Y S I S.

Mes vniques desirs, mon espoir, ma pensée,

Quel ennuy vous surprend? quoy, vous ay-ie offensée?

A S P A S I E.

Estouffez vos desirs, bannissez voftre espoir,

Amant trop malheureux, qu'à peine i'ose voir.

Sçachez (helas! ie meurs) qu'vn funeste hymenée

Me rend auecques vous aux pleurs abandonnée.

L Y S I S.

Appellez-vous funeste vn nœud qui m'est si doux?

A S P A S I E.

Vn nœud dont vous serez cruellement jaloux.

LYSIS.

LYSIS.

Qui vous a fait de moy craindre la jalousie?
Ne croyez pas que i'entre en cette frenesie.

ASPASIE.

Preparez-vous pourtant à sentir sa fureur.
Helas! c'est trop long temps vous laisser en erreur:
Erreur qui m'a tantost comme vous abusée:
Je suis à vostre pere à present espousée.

LYSIS.

A mon pere? Ah! bons Dieux, quel estrange discours?

ASPASIE.

Oüy c'estoit pour luy-mesme, ignorant vos amours,
Qu'il a fait la demande; & pour mon aduantage
Agenor a soudain conclu le mariage.

LYSIS.

Et quoy? sans resister, & sans m'en aduertir,
Vostre ame à ce malheur a bien pû consentir?

ASPASIE.

J'ay tasché, mais en vain, d'y faire resistance:
Le pouuoir paternel a vaincu ma constance;
Et desia par l'hymen nous sommes assemblez.

LYSIS.

Je perds le iugement, tous mes sens sont troublez:
O digne de pitié, comme digne d'enuie,

F

Ie perds, en vous perdant, l'eſperance & la vie.

        A S P A S I E.

Ah! bons Dieux, il ſe meurt: triſte commencement,
Qui me va preparer vn eternel tourment.
Helas! ie ſuis icy de ſecours deſpourueuë.
Parlez, à moy, Lyſis. Il recouure la veuë.
Lyſis, conſolez-vous; & faites pour le moins
Que de ſi grands tranſports ſe paſſent ſans teſmoins.

        L Y S I S.

Adorable beauté, mais de qui la foibleſſe
Comble mes iours d'horreur, & les ſiens de triſteſſe
Helas! en quel malheur nous auez-vous plongez?
Tyrans les plus cruels des eſprits affligez,
Mouuemens inſenſez que la fureur ordonne,
Rages, & deſeſpoirs à vous ie m'abandonne.

        A S P A S I E.

Quittez ces ſentimens, & les laiſſez dompter
A la meſme raiſon qui m'a pû ſurmonter.

        L Y S I S.

Appellez-vous raiſon de s'eſtre ainſi renduë?
Helas! penſant l'auoir vous l'auez bien perduë;
Dans vn meſme malheur, meſlant confuſement
Vn pere miſerable, & vous, & voſtre amant.
De qui me dois-ie plaindre en ma douleur extréme?

De celuy que i'honore, ou de celle que i'ayme?
Mon pere est innocent, & n'a que le seul tort
D'auoir precipité ce malheureux accord.
Il fut prompt, il est vray, mais i'en accuse encore
L'excessiue beauté de celle que j'adore.
Il ignoroit ma flame; & ne se doutoit pas
Que ie fusse engagé dans les mesmes appas.
Je connois sa tendresse, & mon cœur s'imagine
Que si de mes ennuis il eust sceu l'origine,
D'vne amour paternelle il m'eust donné secours,
Auant que d'estre pris dans les mesmes amours.
Miserable respect, impuissant, & timide,
Dont la rigueur m'a fait à moy mesme perfide,
Et qui me consommant d'ennuis & de douleurs,
A consommé le temps iusques à ces malheurs;
Helas! de quelle crainte abusois-tu mon ame?
Mon pere eust approuué mes desseins, & ma flame;
Puis que pour mon dommage il m'a bien fait sçauoir
Que son cœur pour mes feux se pouuoit émouuoir.
Plus vn si beau sujet luy sembla desirable,
Et plus il eust iugé mon amour raisonnable.
Donc ie m'en voudrois plaindre, & ie l'accuserois
Pour auoir desiré ce que ie desirois?
Mais vous, dont la beauté trop fatale à ma vie
                        F ij

M'est inhumainement par vous mesme rauie,
Bel & cruel objet, quel rigoureux effort
Vous a donc fait resoudre à me donner la mort?
Au moins si des parens l'orgueilleuse puissance
De vostre foible cœur combattoit la constance,
Ne pouuiez-vous tarder d'vne heure, ou d'vn moment?
Quel dessein si preßé de perdre vostre Amant?
De mon pere aueuglé l'amour precipitée
Peut-estre par mes pleurs eust esté surmontée:
Il auroit eu, sans doute, en connoissant mon mal,
Quelqu'horreur de se voir mon pere & mon riual.
De vos cruels parens l'auare conuoitise,
A donc fauorisé la funeste entreprise
D'vn pere infortuné, qui contre son dessein
Met à son fils vnique vn poignard dans le sein.
Mais à vous, pour complaire à leur fatale enuie,
C'estoit peu, c'estoit peu, que de m'oster la vie;
Et pour considerer ce que valoit ma foy,
Vne heure de combat eust trop esté pour moy.
N'importoit de quel trait i'auois l'ame bleßée:
Il me falloit plustost bannir de la pensée;
Et pour ne pas choquer vn deuoir rigoureux,
Du nombre des viuans rayer ce malheureux.
Il se falloit plustost noircir d'ingratitude,

Que de languir vn temps en quelque inquietude.
,, Que les deuoirs rendus par vn fidelle Amant,
,, En vn timide cœur se grauent foiblement.
ASPASIE.
Il est bien vray, Lysis, vous m'auez obligée,
Alors que vostre amour à moy s'est engagée :
Vos soins & vos respects gaignerent mon esprit :
Mais ce fut seulement la raison qui me prit :
Et lors que cette flame, à mourir destinée,
De la mesme raison s'est veuë abandonnée,
Elle a quitté la place au deuoir son vainqueur,
Luy cedant pour iamais le regne de mon cœur.
Croirois-ie, pour aymer, estre moins asseruie
Au pouuoir des parens qui m'ont donné la vie ?
Et pour quelque desir, puis-ie n'obeïr pas
A ces Dieux animez, qu'on reuere icy bas ?
Quittez, pour m'imiter, cette douleur extrême :
C'est bien estre constant que se vaincre soy-mesme.
LYSIS.
Oüy pour vous imiter il faut quitter l'amour,
Mais faisant plus que vous ie quitteray le iour.
Si viuant dans l'espoir i'estois plein de tristesse,
Puis-ie souffrir la vie en perdant ma Maistresse ?

F iij

A S P A S I E.

Lyſis, quittons ces noms de Maiſtreſſe & d'Amant.
La rage eſt excuſable au premier mouuement :
I'ay ſenty comme vous ces premieres allarmes :
I'en ay fait des regrets, i'en ay verſé des larmes ;
Mais enfin l'ay dompté, par des efforts puiſſans,
La douleur qui penſoit s'emparer de mes ſens.
Quoy donc ? penſez-vous viure auec tant de miſere ?
Vous m'aymerez, Lyſis, d'vne amitié de frere ;
Et chaſſant de nos cœurs l'ardeur & le tourment,
Ie pourray bien auſſi vous aymer ſainctement.
Mais voicy Teleſin : taſchez, ie vous ſupplie,
De cacher deuant luy voſtre melancolie.

SCENE IV.

TELESIN. LYSIS. ASPASIE.

TELESIN.

Tout eſt preſt : mais mon Maiſtre eſt long temps à
　　venir.
Et vous, n'entrez-vous point ? qui vous peut retenir ?
Vous ſerez mieux icy : la ſalle eſt preparée.
Cachez-vous des voiſins au moins cette ſoirée ;

Et pour vous faire voir attendez, à demain.

LYSIS.

Entre, nous te suiuons. O respect inhumain
Qui causant tous mes maux, me poursuit & me braue.
M'ordonne de les taire, & me traitte en esclaue.
Allons, & de nos jours esteignons le flambeau,

ASPASIE.

Helas! entrant icy, j'entre dans le tombeau.

SCENE V.

DIONEE. HERSILIE.

DIONEE.

SI faut-il, pour sçauoir l'heure de l'hymenée,
Aller voir Aspasie. Ouurez, c'est Dionée.

HERSILIE.

Si vous cherchez ma fille, elle n'est plus chez nous.

DIONEE.

Où donc pourroit-elle estre?

HERSILIE.

Elle est chez son espoux.

DIONEE.

Je croy que vous riez. Quoy, desia mariée?

HERSILIE.

Le mariage est fait.

DIONEE.

Sans m'en auoir priée?
Donc elle m'a voulu priuer de cet honneur?
Son esprit s'est troublé par vn si grand bonheur.

HERSILIE.

Tout s'est fait en vne heure, & sans ceremonie.

DIONEE.

J'en ressens toutefois vne joye infinie.
Mais dittes-moy, Lysis est donc bien satisfait.

HERSILIE.

Pour luy ie n'en sçay rien.

DIONEE.

Il l'est bien, en effet.

HERSILIE.

S'il est content, ma fille en sera plus heureuse.

DIONEE.

Que de rauissemens a leur flame amoureuse?
Ils estoient l'vn de l'autre épris si viuement,
Qu'il n'est rien de pareil à leur contentement.

HERSILIE.

Quoy doncques s'aymoient-ils?

DIONEE.

En doutez-vous encore?
Depuis plus de deux ans, il la void, il l'adore.
Elle aussi, receuant ses deuoirs amoureux,
N'auoit autre desir que de le rendre heureux.

HERSILIE.

Ah! que vous m'affligez.

DIONEE.

Mais vrayment au contraire:
Ce que ie vous apprends vous doit bien satisfaire.

HERSILIE.

Je dois bien m'affliger, i'en ay trop de raison.
Quel desordre, bons Dieux, dedans cette maison?

DIONEE.

Quelle bijarre humeur? voyez que la vieillesse
Agit par les ressorts d'vne étrange sagesse?
Que dans le mariage amour est dangereux?
Et pour se bien aymer, Dieux, qu'ils sont malheureux?

HERSILIE.

Helas, auec raison ie vous semble insensée,
Sçachant bien quelle erreur trompe vostre pensée:
Et ma fille, & Lysis, sont à plaindre tous deux.
Toutefois Aspasie a chassé tous ses feux;
Et si ce pauure Amant en peut faire de mesme,

G

Il receura du Ciel vne faueur extrême.
DIONEE.
Pourquoy quitter leurs feux ? parlez plus clairement.
HERSILIE.
Leurs cœurs, en les quittant, quitteroient leur tourment.
Mais pour ne vous laisser plus long temps abusée,
Apprenez que Lysis ne l'a point espousée,
Mais bien Argileon ; & que c'estoit pour luy
Qu'il auoit fait chez nous la demande aujourd'huy.
DIONEE.
Ah ! que me dites-vous ?
HERSILIE.
                           Il est vray, Dionée.
DIONEE.
Ce change m'épouuante. Ah ! le triste hymenée !
Vostre fille l'a-t'elle aussi tost accepté ?
HERSILIE.
Quelque temps, ie l'auouë, elle m'a resisté :
Mais enfin mes raisons ont vaincu sa constance.
DIONEE.
O foible cœur de fille, ô lasche resistance.
HERSILIE.
Mais vous, qu'eussiez-vous fait ? Il falloit obeïr.

DIONEE.

Pour ne vous pas desplaire, il falloit se trahir?
Helas! que la ieunesse ignore l'auantage
Que luy peuuent donner sa force & son courage:
Quel deuoir nous apprend, qu'il faille iniustement
Abandonner son bien, sa vie, & son Amant?
Si i'eusse eu ce bonheur que Lysis m'eut aymée;
En dépit du deuoir, & de la renommée,
Malgré tous mes parens, & son pere ialoux,
I'eusse sceu le secret d'en faire mon espoux.

HERSILIE.

Dans telle extremité rarement on s'engage.

DIONEE.

Mais en ce monde aussi rarement on est sage.

HERSILIE.

La sagesse est aux vieux.

DIONEE.

       Ah! ne vous flattez point:
Les ieunes & les vieux sont égaux en ce poinct.
De vous donner ce titre, est-ce pas arrogance?
Considerez vn peu quelle est vostre prudence,
D'auoir en vn moment, & sans prendre conseil,
Fait tomber vostre fille en vn mal sans pareil.

G ij

HERSILIE.

Qui iamais euſt preueu ce malheur déplorable?

D I O N E E.

Elle qui le ſçauoit , eſtoit bien miſerable
De ſe combler d'ennuis penſant vous contenter.
Doncques pour vous l'apprendre elle a deû reſiſter.
Mais quoy? l'orgueil des vieux nous deffend la parole:
Si l'on penſe reſpondre , auſſi toſt on eſt folle:
Ainſi cet âge foible , & toutefois puiſſant,
Par ſa fauſſe prudence égorge l'innocent.

HERSILIE.

Vous eſtes en couroux.

D I O N E E.

    Vous y deuriez plus eſtre ;
Et contre vous encor, vous qui l'auez fait naiſtre,
A qui le Ciel commit ſa vie & ſon bonheur:
Mais quóy? vous repentir, vous ſeroit deshonneur:
Vous vous feriez du tort de changer de penſée:
La grauité des vieux en ſeroit offensée.

HERSILIE.

De vous, ie ſouffre tout en l'eſtat où ie ſuis.
Mais voulez-vous encore augmenter mes ennuis?
Toutefois dans ce mal vn eſpoir me ſoulage:
Ma fille, qui n'eſt pas d'vn eſprit ſi volage,

Ayant quitté Lysis, sans doute a fait dessein
De chasser pour iamais son amour de son sein,
En oubliant Lysis elle peut viure heureuse.

DIONEE.

Et toutefois la veuë en sera dangereuse.

HERSILIE.

Ils changeront leurs feux en honneste amitié.

DIONEE.

Enfin donc son malheur ne vous fait plus pitié.

HERSILIE.

Il faut se consoler, & prendre du courage.

DIONEE.

Me preseruent les Dieux d'vne mere aussi sage.

G iij

ACTE QVATRIESME.

SCENE PREMIERE.

ARGILEON, TELEPHE.

ARGILEON.

VE d'hommes importuns se trouuent par la
ville,
Curieux, mal-plaisans, & d'humeur inci-
uile.
Pour me voir auiourd'huy vestu plus proprement,
Ils viennent m'accoster, pourquoy donc? & comment?
Quoy? vous estes de nopce? aussi tost ie le nie.
Il se fait donc chez vous quelque ceremonie?
Il me faut malgré moy répondre à ces discours;
Et de quelque deffaite emprunter le secours.

TELEPHE.

Enfin ce que ie cherche à mes yeux se presente.

ARGILEON.

Hé Dieux, que voy-ie encor? rencontre déplaisante.

TELEPHE.

Ie le trouue à propos ; & si pour vn vieillard
Il paroist aujourd'huy bien propre & bien gaillard.
Ie veux en cette humeur luy parler de l'affaire.
Que l'heur vous accompagne.

ARGILEON.

Et vous aussi mon frere :
Mais tréue de discours, car ie suis trop pressé.
Ie suis las d'escouter.

TELEPHE.

Ie n'ay pas commencé.

ARGILEON.

On m'attend au logis.

TELEPHE.

Ie vous y veux donc suiure.
Ie vous veux dire vn mot.

ARGILEON.

Quelque Dieu me deliure
De cet autre importun, plus que tous dangereux.

TELEPHE.

C'est pour parler d'amour.

ARGILEON.

Que ie suis malheureux ;
Il sçait mon mariage.

TELEPHE.

   Et pour donner remede
Aux maux de voftre fils, fi mon deffein fuccede.

ARGILEON.

Non, il ne le fçait pas. Mon fils a de l'amour?

TELEPHE.

Il eft troublé d'ennuis & la nuiĉt & le iour;
(Vous ne l'ignorez pas) & ne craint autre chofe
Sinon qu'à fon bonheur voftre efprit ne s'oppofe.
Mais parlons en allant,

ARGILEON.

   Non, demeurons icy:
Dépefchez feulement.

TELEPHE.

   Viuant dans ce foucy;
Il a de ma parole imploré l'entremife,
Pour vous dire les feux dont fon ame eft éprife;
Et fi voftre bonté ne le veut fecourir,
Qu'il eft pour fon amour refolu de mourir.

ARGILEON.

En me cachant fon mal il eftoit bien à plaindre:
Mais il auoit grand tort: qu'il ceffe de me craindre.
Si c'eft vne beauté qui foit digne de luy,
Ie veux qu'il la poffede, & qu'il chaffe l'ennuy.

      TELEPHE.

TELEPHE.
Mon frere, il faut cherir la vertu, la noblesse,
La grace, & la douceur, bien plus que la richesse :
Il faut considerer la mutuelle amour
Qui fait si rarement icy bas son séjour :
Vous auez tant de biens, vous en faut-il encore ?
Il ayme cette fille, il la suit, il l'adore ;
Et non pas sans raison, puis que iamais vn corps
Ne se vit animé de plus rares tresors ;
Et luy par son merite, & son amour extrême,
A fait en la seruant, que cette Beauté l'ayme.

ARGILEON.
Dittes-moy donc son nom, vous me ferez plaisir.

TELEPHE.
Enfin ce n'est qu'vn cœur, qu'vne ame, qu'vn desir :
Si vous luy refusez cette grace esperée,
Vous n'auez plus de fils, sa mort est asseurée :
Je sçay qu'il ne sçauroit suruiure à ce malheur :
Il ne pourra iamais souffrir tant de douleur.

ARGILEON.
Dittes-moy quelle elle est.

TELEPHE.
                    Mais si pour son remede
Vostre sage bonté permet qu'il la possede,

H

Vous vous plairez à voir les vrays contentemens
Que gousteront par vous ces deux parfaits Amans.

ARGILEON.

Enfin donc nommez-moy celle que Lysis ayme.

TELEPHE.

C'est la belle Aspasie.

ARGILEON.

Aspasie?

TELEPHE.

                               Elle mesme.

La fille d'Agenor.

ARGILEON.

              Que dites-vous, bons Dieux?

TELEPHE.

Qu'Aspasie est l'objet qui plaist seul à ses yeux.

ARGILEON.

Le trouble de mon ame à mon dessein contraire
S'en va luy découurir ce que ie luy veux taire.
Mais non, contraignons-nous. C'est donc ceste beauté
Qui dans ses doux appas a pris sa liberté?

TELEPHE.

C'est elle.

ARGILEON.

C'est assez, retirez-vous, mon frere.

Il faut plus meurement penser à cette affaire.

TELEPHE.

Doncques pensez-y bien.

ARGILEON.

Adieu, n'en parlons plus :
Demain i'en resoudray l'accord, ou le refus.

SCENE II·

ARGILEON.

AH ! traistre, que dis-tu ? mon fils ayme Aspasie ?
O rigueur de mon sort, ô rage, ô jalousie :
Mon fils ayme Aspasie ? & mesme en est aymé ?
Iuste & cruel couroux en mon cœur allumé,
Dois-ie viure ou mourir ? comment pourrois-ie viure ?
Quel remede à mon mal, & quel bien me peut suiure ?
Ie les ay mis ensemble, & ie les ay laissez.
Maintenant ie les voy l'vn & l'autre embrassez,
Meslant à leurs regrets les plus douces caresses,
Et par mon adieu mesme appaisant leurs tristesses.
Mais ie te veux punir, inceste malheureux,
Des plaisirs de ton pere, insolent amoureux,
Ie veux perdre auec toy ta flame outrecuidée :
Perfide, à ton malheur tu l'auras possedée.

H ij

Mais las! auec quel front les pourray-ie aborder?
Et de quel œil encor puis-ie les regarder?
Etrange nouueauté d'vn sort épouuentable,
Où l'offensé rougit de trouuer le coupable,
La gloire suit le crime, & le plus outragé,
De supplice & de honte est le plus affligé.
Quoy donc, souffrirons-nous que ce traistre sans ame,
Regne dans ma maison, soit maistre de ma femme,
Et par ma lascheté possede sans effort
Ce qu'auoit le cruel esperé par ma mort?
Non, non, il faut chasser de ce lieu miserable,
Et ma femme, & mon fils, ce couple detestable.
Doncques tous deux ensemble ils se viendront offrir
A mes yeux irritez? ie ne les puis souffrir.
Il faut les voir à part, pour auoir moins de honte.
Helas! desia ie meurs, la douleur me surmonte:
Mais le couroux m'échauffe, & me rougit le front.
Allons donc les trouuer, & vengeons cet affront.
Ouurez. rien ne répond. ils ont bien de la peine
A quitter leurs baisers, ils reprennent haleine.
Puis ils sont en desordre, il se faut reparer.
Qu'ils craignent de me voir, & de se separer.

SCENE III.

ARGILEON, LYSIS.

ARGILEON.

LYSIS, *Lysis, à moy*

LYSIS.

Que vous plaiſt-il, mon pere?

ARGILEON.

Horreur de la nature, execrable vipere,
C'eſt donc là le venin que chez moy tu couuois?
Tu ne me répons point: quoy? n'as-tu point de voix?
Sinon pour careſſer tes feux abominables
De mots, dont les plus doux ſont les plus effroyables?

LYSIS.

Helas! que dit mon pere? il a perdu l'eſprit.

ARGILEON.

Dy-moy, dy-moy, méchant, quelle fureur te prit
D'aſpirer à mes vœux, d'attenter à ma couche?

LYSIS.

Mon pere, quels propos ſortent de voſtre bouche?

ARGILEON.

Ils en doiuent ſortir, puis qu'vn traiſtre deſſein

H iij

Pour me combler de maux, est sorty de ton sein.

LYSIS.

Ainsi que mon malheur, ma douleur est extrême.

ARGILEON.

I'ayme ce que tu veux, tu veux celle que i'ayme,
Sont-ce pas tes ennuis? sont-ce pas tes douleurs?
Et ie me plains de toy pour tes mesmes malheurs.
Il est tant de beautez, dont l'amour legitime,
T'eust autant satisfait, & t'eust laissé sans crime:
Mais le Demon cruel qui mon dessein t'apprit,
Te mit en mesme temps le crime dans l'esprit:
Il t'embrasa le sein d'une barbare enuie,
Pour me priuer ensemble & d'honneur & de vie.
C'est ce que meditoit ta chagrine fureur;
Tes feux incestueux te donnoient de l'horreur.

LYSIS.

Helas! en quel détroit est reduite mon ame?
Est-il rien comparable au malheur de ma flame?
Mon pere a fait le mal, & m'en nomme l'auteur;
Et le coupable encore est mon accusateur.

ARGILEON.

Il me nomme coupable, ô fureur sans seconde,
Il est vray, ie le suis de l'auoir mis au monde.

LYSIS.

I'en sortiray bien tost, n'ayez point cé regret.
O frein de ma douleur, rigoureux, & secret,
De rage & de respect mon ame est combatuë;
Et c'est en ce combat la raison qui me tuë.
Mais ne luy parlons plus, & courons au trépas.
C'est moy qui sens l'outrage, & ie ne m'en plains pas.

ARGILEON.

Non, tu ne t'en plains pas, alors que ton enuie
Est pour mon desespoir de plaisir assouuie.
Qui me retient, cruel, insolent, & mocqueur,
De plonger pour ta peine vn poignard dans ton cœur?
Mais non, ie ne veux pas (bien que mon sort m'anime)
A mes malheurs encor joindre ce juste crime.
Va, miserable, va,

LYSIS.

Qu'ay-je fait, justes Cieux?

ARGILEON.

Va, traistre, & pour iamais t'éloigne de mes yeux.

SCENE IV

ASPASIE. ARGILEON.

ASPASIE.

QVEL desordre est-ce cy ? malheureux hymenée,
Ah ! que n'est de mes jours la course terminée.

ARGILEON.

Et vous, Beauté fatale à mon contentement,
Venez-vous au secours de vostre cher Amant ?

ASPASIE.

Mais au vostre plustost, pour empescher qu'un pere
Sur un fils innocent n'exerce sa colere :
C'est moy qui suis coupable, & dont le cœur faillit
En cedant au deuoir alors qu'il m'assaillit.

ARGILÉON.

Elle confesse encor, sans honneur & sans honte
Que son cœur a failly : la rage me surmonte.

ASPASIE.

Sans honneur & sans honte ? étouffez ce discours :
Mon honneur est sans tache, & le sera tousiours.
Sans honneur & sans honte ?

ARGILEON.

Ah ! voyez quelle audace.

Son

Son cœur est tout de flame, & son front tout de glace.
ASPASIE.
Ma flame est ma colere, & ma glace est l'horreur
De voir ce que produit vostre aueugle fureur.
Mais il faut tout souffrir d'vne injuste puissance :
Je gouste ainsi les fruits de mon obeïssance.
ARGILEON.
Vous m'auez obey, quand auant que partir
Je vous ay tant priez, de vous bien diuertir.
Il est vray, i'ay le tort : que ie suis miserable !
Je suis de leurs forfaits innocent & coupable.
ASPASIE.
Quel mal ay-ie donc fait ? sinon quand ie trahis
Mon bien & mon repos, alors que j'obeïs ?
ARGILEON.
D'auoir fait conspirer le fils contre son pere ;
Et d'auoir adjousté l'inceste à l'adultere.
ASPASIE.
Que de crimes, bons Dieux, i'ay faits en vn moment !
Et qu'à tant de forfaits il est deû de tourment !
Il est vray, i'ay tout fait ; & dans vostre colere
Vous pouuez adjouster le meurtre de mon pere,
D'auoir fait à ma mere aualer du poison ;
Et s'il se peut encor quelqu'autre trahison :

I

Je suis bien criminelle ; & mon ame estonnée,
De tragiques malheurs est bien enuironnée.
Peut-on souffrir ma veuë ? à peine le Soleil
Oseroit regarder ce monstre sans pareil.
Mais ce monstre est forgé de vostre seul caprice,
Qui se forme vn fantosme, & le remplit de vice.

ARGILEON.

Voyez si mon soupçon est né legerement.
J'ay bien sçeu que Lysis vous ayme cherement ;
Que vous l'aymez de mesme, & que de vos deux ames
Ce n'est qu'vne vnion de desirs & de flames,
Qu'il brusle, qu'il languit sans espoir de guerir,
Que s'il ne vous possede il est prest de mourir,
Que d'vne mesme ardeur vous vous sentez blessée,
Que vous n'estes enfin qu'vn cœur, qu'vne pensée,
Et que seul ie pouuois secourir vos amours ;
Helas ! en vous laissant i'ay donné ce secours ;
Et doit-on desirer quelqu'autre coniecture
Pour iuger du succez d'vne telle auanture.

ASPASIE.

C'est donc cet accident qui trouble vos esprits ?
Et tous ces grands transports viennent d'auoir appris
Que n'aguere i'estois de vostre fils aymée ?
En deurois-ie de vous estre moins estimée ?

Et fur vn tel rapport faut-il me foupçonner
Du crime le plus grand qu'on puiffe imaginer?
Si vous n'auiez l'efprit troublé de jaloufie,
Auriez-vous cette erreur de croire qu'Afpafie,
Ayant de fes parens le vouloir approuué,
Auroit pour voftre fils quelque feu conferué?
Voyez ce beau moyen qui n'eft pas ordinaire,
Pour poffeder le fils que d'efpoufer le pere.

ARGILEON.

Oüy, c'eftoit vn moyen, inconnu dans ces lieux,
Mais commode à qui vit fans la crainte des Dieux.

ASPASIE.

Se peut-il conceuoir vn penfer plus horrible?

ARGILEON.

A qui brufle d'amour toute chofe eft poffible.
Parricide, adultere, incefte, impieté,
Ne font rien à l'efprit par l'amour agité;
Qui pour fe deliurer du tourment qu'il endure,
Renuerferoit les loix de toute la nature.

ASPASIE.

Ah! bons Dieux.

ARGILEON.
Mais entrons, c'eft en vain foufpirer.
Le crime eft tout recent, il le faut auerer.

SCENE V.
LYSIS.

ENFIN *ie ne voy rien qui n'ait iuré ma perte.*
Desia pour m'abysmer ie voy la terre ouuerte.
Mon destin plein d'horreur se presente à mes yeux.
La nature, l'amour, les hommes, & les Dieux,
Tout me chasse ou me fuit; & la fortune ordonne
Que tout mal me suiuant, tout secours m'abandonne.
Se peut-il plus de maux ensemble conceuoir?
Celuy qui me fit naistre, & qui fut mon espoir,
Au lieu de m'accorder la Beauté que i'adore,
Luy-mesme, ô cruauté, me la rauit encore.
Apres que l'inhumaine a mesprisé ma foy,
Luy-mesme en l'espousant se vient mocquer de moy;
Puis il pense brusler de flames legitimes,
Et se rendre innocent en me chargeant de crimes.
Il me chasse à present, ie luy suis en horreur;
Et n'osant plus me voir il feint de la fureur.
Iustice, pieté, qu'estes-vous deuenuës?
Vous estes en ces lieux des vertus inconnuës:
Seul ie vous cherissois, quand trahissant mon mal
Ie respectois, aueugle, en vn pere vn riual.

Respect infortuné, Pieté malheureuse,
Vous fustes les bourreaux de ma flame amoureuse.
Si j'eusse mesprisé le couroux paternel,
Mes feux eussent joüy d'vn bonheur eternel:
J'eusse suiuy sans peur ma naturelle enuie,
Et rauy le premier celle qu'il m'a rauie.
O deuoir de nature expliqué faussement,
Pour ne vous pas entendre, ah! que j'ay de tourment?
Mon erreur a causé les peines que j'endure;
Car suiure son desir c'est suiure la nature.
J'aurois mon Aspasie, & libre, & sans danger
Je la possederois en païs estranger:
Le peuple le plus fier, soit celuy de la Thrace,
Ou celuy qui peut viure où la mer est de glace,
Ceux qui de la Libye habitent les sablons,
Ceux qui trouuent les iours ou plus courts ou plus longs;
Le tygre, le lion, l'aspic, & la vipere,
Tout cela m'eust esté moins cruel que mon pere.
Helas! j'ay sans dessein parlé des animaux,
Que la nature a faits exempts de tous ces maux:
Cette nature en eux est plus iuste & plus forte:
Chacun va librement où son desir le porte,
Sans soucy des parens, sans honte, sans effroy;
Sa force est sa vertu, son plaisir est sa loy.

I iij

Imbecile vertu, trop laschement suiuie,
Seul & triste sujet des malheurs de ma vie,
Si ie te nomme vn fard, ce n'est pas sans raison,
Au dehors de l'éclat, au dedans du poison.
Tu n'es, à dire vray, que le masque du vice.
Sous le nom de prudence on cache l'artifice:
Les bourreaux sont permis sous le nom d'equité:
Ma patience ainsi cachoit ma lascheté.
Patience inutile, à mes desirs traistresse,
Qui me fit perdre ensemble & courage, & maistresse.
Car pourquoy reuerer les injustes parens?
Et qui donna sur nous l'empire à ces tyrans,
Plus que nous criminels, & plus noircis de vice?
En eux l'ambition, l'orgueil, & l'auarice,
La fureur, le chagrin, l'amour hors de saison,
Renuersent à l'enuy leur debile raison.
Au moins des passions nous auons les plus belles;
Et qui ne souffrent point de crimes auec elles:
Qui donc les a pourueus de tant d'authorité?
Et flatta nostre joug du nom de pieté?
Ce n'est point la raison, ce n'est point la nature:
C'est des tristes mortels la fatale auanture.
Le Ciel nous haïssant, fit les vieux langoureux,
Et par les vieux rendit les jeunes malheureux:

Aux vieux il departit les biens & l'impuissance,
Aux jeunes il donna la force & l'indigence.
Aussi que puis-je faire à present delaissé,
Sans pouuoir, sans secours, de mon pere chassé?
Le seul amour me suit: mais ses feux, ny ses armes,
N'ont, pour me secourir, ny puissance ny charmes.
Ah! que dis-je, l'Amour? je suis saisy d'horreur.
Ie me sens delaissé mesme de ma fureur;
Et blasmant la vertu dont ie faisois ma honte,
Cette foible Deesse encore me surmonte.
Enfant desnaturé, fils peu respectueux,
Veux-tu doncques brusler de feux incestueux?
Toy-mesme dans ton cœur rendras-tu veritable
Ce crime dont à tort on te faisoit coupable?
Meurs plustost, miserable, ou fuy ces tristes lieux:
Mon pere, & mon amour, sont tous deux furieux:
Fuyons & l'vn & l'autre aux lieux les plus horribles:
Amour, mon pere, & moy, sommes incompatibles.
Mon pere est vn objet à mon mal trop cruel:
Ie luy serois de mesme vn mal continuel.
Fuyons si loing d'icy, que iamais on ne sçache
Le pitoyable endroit où mon malheur se cache.
Aspasie au deuoir s'est laissée emporter:
En sa triste sagesse il la faut imiter.

Elle nous a quittez, rendons-luy la pareille.
Donc ie ne verray plus cette chere merueille?
Ie la veux voir encor: car sans luy dire Adieu
Ie ne puis pour iamais m'éloigner de ce lieu.
Ne nous refusons pas cette derniere joye.
Comment est-il possible aussi que ie la voye?
Tout lieu m'est interdit, rien ne me peut souffrir.
Vn moyen toutefois à moy se vient offrir.
Ie pourray bien passer, ainsi que ie l'espere,
Du jardin de mon oncle en celuy de mon pere.
Là, sans estre apperceu, ie pourray me cacher,
Et si le sort le veut, la voir & l'approcher.
De mes iours malheureux triste & dernier remede,
Ie te reclame seul au mal qui me possede.

ACTE

ACTE CINQVIESME.

SCENE PREMIERE.

ARGILEON.

QVELLE confusion regne en ma fantaisie?
La rage, le dépit, l'amour, la jalousie,
Mille soupçons cruels mes espoirs bannissans
Disputent à l'ennuy l'empire de mes sens.
Si la raison paroist dans le mal qui me presse,
Je la fuy, ie la chasse, & l'appelle traistresse.
De mes gens toutefois si ie croy le rapport,
Aspasie est sans faute, & Lysis a le tort.
Elle a parú chez moy constante & serieuse;
Et luy d'vne façon farouche & furieuse,
En detestant le Ciel, la Fortune, & l'Amour,
Cherchoit à son dépit quelque lieu loin du iour.
Peut-estre qu'Aspasie estant sage & prudente
Aura quitté Lysis pour estre obeïssante.
Mais aussi n'est-ce point vn discours mensonger
D'vn vallet imposteur qui les veut obliger?

                                          K

Et sur vn tel rapport, puis-ie m'asseurer d'elle?
Et croire que son cœur me puisse estre fidelle?
Peut estre que mon lict est desia criminel;
Et ie pourrois commettre vn inceste eternel.
Helas! ma fantaisie est par tout assiegée.
Dieux! en quel labyrinthe est mon ame engagée?
De toutes parts ie trouue vn détour deceuant;
Et ne puis ny sortir ny passer plus auant.
Mais pour nostre repos soyons plus raisonnables;
Et chassons le penser des feux abominables:
Ie croy qu'elle n'a pû ce crime conceuoir:
Elle a quitté Lysis pour suiure son deuoir;
Et voulant satisfaire aux parens qu'elle honore,
Elle aura fait dessein de m'honorer encore.
Faisons donc l'asseurance au soupçon succeder,
Ie croy qu'en seureté ie la puis posseder,
Bannissant pour iamais Lysis de sa presence.
Mais pour mieux étouffer le mal en sa naissance,
Ie veux que ses parens luy prescriuent la loy
Qu'elle doit obseruer en viuant auec moy.
Ie m'en vay les querir: toutefois vne crainte
Vient donner à mon ame vne derniere atteinte.
Si ie la laisse icy, Lysis la viendra voir,
Et c'est toute ma peur: mais il y faut pouruoir.

Ie veux en quelque lieu l'enfermer pour vne heure.
Mon jardin sera bien la plus seure demeure.
Il l'y faut attirer auec quelque raison:
Donnons-luy pour le moins vne belle prison.

SCENE II.

LYSIS.

AV moins en ce dessein, Ciel, monstre-toy propice.
Peut-estre ie descens dedans vn precipice.
Ie la veux voir encor? cette viue douleur,
Miserable Lysis, manquoit à ton malheur.
Tu veux renouueller la dangereuse idée,
Par qui de mille maux ton ame est possedée;
Et pour ne point guerir, tu veux donc, furieux,
Remettre dans ta playe vn fer pernicieux.
Oüy r'ouurons nostre playe; & s'il nous est possible
Que la douleur nous tuë aux yeux de l'insensible,
Il vaut bien mieux mourir; & qu'vn mesme flambeau
Meine le pere au lit, & le fils au tombeau.
Mais i'entens quelque bruit: cache-toy, miserable.
Ce lieu pour te couurir au moins t'est fauorable.

SCENE III.

ARGILEON. ASPASIE.

ARGILEON.

IE veux tous les soupçons de mon ame bannir:
Mais aussi perdez-en le triste souuenir.
Vn malheur vray-semblable auoit mon ame atteinte;
Et tousiours vn grand bien se possede auec crainte.
Oubliez, s'il se peut, mes rigoureux propos:
Nous viurons desormais auec plus de repos.

ASPASIE.

Puis qu'à vostre pouuoir mes parens m'ont sousmise,
Ie sçay qu'à vos desirs toute chose est permise:
C'est à moy de souffrir ayant donné ma foy,
A vous de commander & me donner la loy.
Ainsi qu'vne faueur ie receuray l'outrage.
Les Dieux à nostre sexe ont donné l'esclauage,
Il faut leur obeïr: mais à la fin la mort,
Plus iuste que les Dieux, donne à tous mesme sort.

ARGILEON.

Ne parlez pas ainsi: par la loy conjugale,
Entre femme & mary, toute chose est égale.

Vous aurez desormais vn traitement plus doux:
Si vous souffrez de moy, ie souffriray de vous.
Bannissez de vos yeux la tristesse inutile.
Ie vay pour vn moment faire vn tour à la ville:
Mon jardin cependant pourra vous diuertir;
Et ie veux vous y voir auant que de partir.

ASPASIE.

I'y vay puis qu'il vous plaist.

ARGILEON.

Enfin i'en suis le maistre.
Qu'il vienne, i'en répons.

ASPASIE.

Il m'enferme le traistre.
Cette feinte douceur estoit pour me tromper:
A-t'il peur, le jaloux, que ie veüille échaper?

SCENE IV.

ASPASIE.

QVE le Ciel donne au sort vne injuste licence.
Voyla ce que me vaut l'aueugle obeïssance.
Certes i'ay merité ce cruel traitement.
I'ay trahy mon repos, i'ay trahy mon Amant:

Pour ce crime, c'est peu que d'estre prisonniere :
Vous n'estes plus, mes yeux, dignes de la lumiere.
Pour vn triste denoin i'ay negligé ma foy.
Cruelles Deitez, donnez-nous vne loy,
Iuste, certaine, vtile, vne loy que l'on suiue,
Et selon qu'il vous plaist desormais que l'on viue :
Sans laisser nostre esprit de raisons combattu,
Enseignez-nous au moins ce que c'est que vertu.
Ie croyois en suiuant le vouloir de mon pere,
M'affranchir pour iamais de blasme & de misere ;
Cependant ie me voy, pour cette seule erreur,
De mon sexe la honte, & de l'autre l'horreur :
Et le pere & le fils, d'vne fureur égale,
Maudissent mon amour, me nomment déloyale,
Accusent de leurs maux mon esprit innocent,
Coupable en ce seul poinct qu'il fut obeïssant.
Miserable Lysis, trop cher à ma memoire,
De mon amour la honte, & des Amans la gloire,
Helas en te perdant ie me perdis aussi.
Pardonne, cher Lysis, à ce cœur endurcy
Dont l'austere vertu me rendit infidelle.
Moy seule i'ay fait voir la vertu criminelle.
Par ma seule vertu i'ay versé des malheurs,
Et remply deux maisons d'ennuis & de douleurs.

Quelque part que tu fois, belle ame que i'honore,
Lyfis dont le tourment m'outrage & me deuore,
Reçoy mes tristes pleurs, & ce poil emporté,
Pour les hommages deûs à ta fidelité.
O fort capricieux, extrauagant, & rare;
La vertu fait le mal, la fureur le repare.
Pardonne-moy, Lyfis, pardonne cher Amant,
Pour toy ie vay bien toft descendre au monument.
Quelques maux que par moy la fortune t'ordonne,
Pardonne-les, Lyfis.

SCENE V.

LYSIS. ASPASIE.

LYSIS.

OVY, ie vous les pardonne.

ASPASIE.

Ah! qu'eft-ce que i'entens? Dieux! qu'eft-ce que ie voy?
C'eft l'ombre de Lyfis.

LYSIS.

Ne fuyez point de moy.

ASPASIE.

Ah! bons Dieux.

LYSIS.

Bannissez ceste frayeur extrême.
C'est mon ombre, il est vray, car ce n'est plus moy-mesme.
Mais vne ombre viuante, à qui le sort cruel
Ordonne sur la terre vn mal continuel.

ASPASIE.

Ah! Lysis, est-ce vous?

LYSIS.

Ouy beauté que i'adore,

ASPASIE.

Quel malheur me poursuit? quoy? voulez-vous encore
Que ie perde l'honneur si l'on vous trouue icy?
Nous sommes enfermez.

LYSIS.

N'ayez point ce soucy.
Ie pourray bien sortir, & i'en sçay le passage.
Cependant, ie vous prie, ayez plus de courage;
Et pour vn seul moment, donnez-moy dans ce lieu
Le bonheur de vous voir, & de vous dire Adieu.
Ie sçay que pour iamais il faut que i'abandonne
Vous, mon pere, & ces lieux, le sort ainsi l'ordonne.
Ie ne cherche plus rien, sinon qu'vn doux regard
Adoucisse l'ennuy d'vn si cruel depart.

ASPASIE.

ASPASIE.

Adieu doncques, Lysis, que le Ciel vous console.

LYSIS.

Escoutez, pour le moins encore vne parole:
Ie ne vous seray plus pour long temps ennuyeux.
Bien que ie sois haï des hommes & des Dieux,
Seule pour vn moment soyez-moy fauorable,
Et donnez ce relasche à mon sort miserable.

ASPASIE.

Mon corps dans ce transport ne se peut soustenir.
Hastez-vous de parler, quelqu'vn pourra venir.

LYSIS.

Beauté de trop de vœux pour mon bien desirée,
De quel Astre en naissant fustes-vous éclairée,
Qui mit dedans vos yeux vn funeste pouuoir
Pour donner des malheurs & pour en receuoir?
Et qui vous inspira vous portant de l'enuie
Vne triste vertu fatale à nostre vie?
Donc apres tant de maux & tant d'ennuys soufferts,
Apres auoir languy si long temps en vos fers;
Apres vous auoir veuë à mon amour propice,
Des destins ennemis l'effroyable malice
Voulant m'oster mon bien, choisit pour rauisseur
Le mesme qui deuoit m'en rendre possesseur;

L

Le plus puiſſant riual, & le plus redoutable,
Qui m'eſt plus en horreur, plus il m'eſt venerable.
Ciel cruel, ſi tu veux m'ordonner des trauaux,
Oſte mon pere ſeul d'entre tous mes riuaux;
Adjouſte ſi tu veux vn Hercule, vn Achille,
Tout l'vniuers enſemble à vaincre m'eſt facile.
La force de l'amour me fera tout dompter;
Et rien à ſa fureur ne pourra reſiſter.

ASPASIE.

Lyſis, il faut quitter & l'amour & la plainte.
Rien ne peut égaler ma douleur, & ma crainte.
Separons-nous, Lyſis, & laiſſez tous ces feux,
Qui portent le malheur, & le crime auec eux.

LYSIS.

Il eſt vray, mais la flame à mon cœur attachée,
Par force ou par vertu ne peut eſtre arrachée,
C'eſt vn mal ſans remede, vn ſerpent en fureur,
Qui me ſerre plus fort, plus il m'eſt en horreur.
Mais, que dis-ie? non, non, conſeruons cette flame:
Ie veux que mon amour demeure dans mon ame:
Qu'il viue, s'il eſt juſte, & s'il eſt criminel,
Qu'il ſouffre par juſtice vn ſupplice eternel.
En quelque lieu que ſoit ma retraite choiſie,
Ie viuray malheureux, mais Amant d'Aſpaſie.

ASPASIE.

Ah! quittez s'il se peut la douleur & l'amour,
Et me quittez encor.

LYSIS.

Quittons aussi le iour.
Adieu donc pour iamais, vostre bouche l'ordonne.
En vous abandonnant la force m'abandonne.

ASPASIE.

Lysis, prenez courage, & sortez de ce lieu.

LYSIS.

Helas ie perds la vie en vous disant Adieu.
Receuez, belle main, mon ame qui s'enuole.

ASPASIE.

Ah! Dieux il a perdu la veuë & la parole.
Que feray-ie, chetiue? ô Cieux, mes ennemis,
Vous auez donc encor ce desastre permis?
Cruels, vous voulez donc par excez d'insolence
Combler des plus grands maux, la plus grande innocence?
Helas! que dira-t'on si l'on le troüue icy?
Pouuoit-il m'arriuer vn plus cuisant soucy?
Perdre encore l'honneur? ah! fortune traistresse.
Mais il peut reuenir, ce n'est qu'vne foiblesse.
Lysis, parlez à moy: ne m'entendez-vous pas?
Helas! il ne vit plus. vienne donc le trépas

L ij

Couurir außi mes yeux d'vne nuit eternelle.
O de tous les Amans Lysis le plus fidelle,
Amour pour nous vnir r'allume son flambeau.
Nous separe viuans, & nous joint au tombeau.
Fuyez, force d'esprit, fuyez, ie vous refuse.
La mort, la seule mort, me peut seruir d'excuse.
Horreur, saisißement, transport, rage, couroux,
Faites-moy tous mourir, ie m'abandonne à vous.
Troublez-vous, tous mes sens, quittez voftre demeure:
En moy, l'espoir mourant, que toute chose meure.
Mort, ie te sens venir, vien, secourable, vien;
Et souffre, en t'embraßant, que i'embraße mon bien.
De nous ioindre en viuant, Lysis, c'euft efté crime:
Mais la mort a rendu noftre amour legitime.
La mort, ô cher Amant, te conserue ma foy:
Me rauit à ton pere, & me redonne à toy.
Ie suis à toy, Lysis, en mourant c'eft ma joye.
Helas! desia ma vie en mes larmes se noye.
Lysis, reçoy mon ame au partir de ce lieu.
Ie m'en vay te trouuer en te disant Adieu.

SCENE VI.

ARGILEON. AGENOR. HERSILIE.

ARGILEON.

AV moins souuenez-vous de la bien aduertir
Qu'elle doit à mes vœux du tout s'assujetir :
Que l'amour de Lysis soit en elle effacée ;
Et qu'il soit pour iamais banny de sa pensée.

AGENOR.

Vous serez satisfait : croyez que nos aduis
Seront auec respect de ma fille suiuis.
Chassez de vostre esprit ce feu de ialousie,
Qui met tout ce desordre en vostre fantaisie.
Croyez qu'elle a dessein, vous ayant accepté,
De vous cherir tousiours auec fidelité.

HERSILIE.

Croyez-le, Argileon, & qu'en telle jeunesse
On peut mal-aysément trouuer plus de sagesse.

ARGILEON.

Dittes-luy bien encor qu'elle doit desormais
Sagement se resoudre à ne le voir iamais,
Ny mesme par écrit, ou par autre entremise.

HERSILIE.

Elle tiendra la foy qu'elle vous a promise,
Auec vn peu de temps vous pourrez l'éprouuer.
Viuez plus en repos, mais allons la trouuer.

ARGILEON.

Venez, elle est icy. Que voy-je, miserable?
Ah! ie meurs, en voyant ce crime espouuantable.

HERSILIE.

Que fais-tu, malheureuse? ah! Dieux, quelle douleur.
Quoy? meschante, effrontée.

AGENOR.

        Ah! quel est mon malheur?

HERSILIE.

Ie te veux deschirer. mais, bons Dieux, elle est morte.
Ciel, pourquoy voulois-tu m'affliger de la sorte?
O funeste hymenée, ô déplorable sort,
Helas! ma fille, helas! qui t'a donné la mort?

ACENOR.

O Dieux! qu'à mes vieux iours la fortune est cruelle?
Mais i'ayme mieux te voir morte, que criminelle.
Helas! de quel costé me dois-ie icy tourner?
Les morts de toutes parts viennent m'enuironner.
Ma fille, ah! que l'espoir en ce monde nous trompe,
De ton cruel hymen c'est donc icy la pompe.

Eſt-ce là ce bonheur?

HERSILIE.

Quittez, ces vains diſcours,
Agenor, ie vous prie, appellez du ſecours :
Peut-eſtre verrons-nous qu'elle n'eſt que paſmée.
La douleur l'a ſaiſie ; il l'auoit enfermée,
Le traiſtre, le jaloux : mais elle a tort auſſi :
Qui n'auroit du ſoupçon en les voyant ainſi ?
Ou ſon crime, ou ſa mort, helas ! tout m'eſt à craindre.
Ie ne ſçay ſi ie dois l'accuſer, ou la plaindre.

SCENE VII.

AGENOR. TELESIN. ARGILEON. HERSILIE. LYSIS. ASPASIE.

AGENOR.

ACCOVREZ *mes amis.*

TELESIN.

Quel ſpectacle, bons Dieux.
Quoy ? mon maiſtre eſt-il mort ? mais il ouure les yeux.

ARGILEON.

Pourquoy voy-ie le iour ? ô vieillard miſerable.
Amis, retirez-vous de ce lieu detestable.

Fils inceſte.

TELESIN.
  Ceſſez de l'accuſer à tort.

ARGILEON.

Il ſe penſe excuſer?

TELESIN.
  Quelle excuſe? il eſt mort.

ARGILEON.

Mort?

TELESIN.

Auec Aſpaſie.

ARGILEON,
  Auec elle?

TELESIN.
   Elle eſt morte.

ARGILEON.

Que dis-tu?

TELESIN.

Vóyez-les vous meſme en cette ſorte.

ARGILEON.

Cet objet rend mes ſens de force deſpourueus.
Se ſont-ils fait mourir pour auoir eſté veus?
Doncques ils ont voulu preuenir la Juſtice?
Et mourant éuiter la honte du ſupplice?

     AGENOR.

AGENOR.

Quand vous les auez veûs, apprenez que leurs yeux
Auoient defia perdu la lumiere des Cieux.

ARGILEON.

Ils eſtoient l'vn & l'autre embraſſez, ce me ſemble.

AGENOR.

Helas! la ſeule mort les auoit joints enſemble.

HERSILIE.

Ah! ſçachez que ſans doute ils ſont morts de douleur,
Voyant voſtre couroux joint auec leur malheur.

AGENOR.

Les Dieux ont leurs amours ainſi recompenſées.

ARGILEON.

La rage & la pitié partagent mes penſées.
Ah! ie ſuis ſeul coupable, ils eſtoient innocens.
O mort vien ſoulager les ennuis que ie ſens.
O flame extrauagante, ô paſſion perfide,
Doncques de mon cher fils tu m'as fait homicide?
Amour pour mon malheur ſeulement me ſurprit;
Et d'vn flambeau funeſte embraſa mon eſprit.
O mon fils, de mes iours le ſupport & la gloire,
Dont l'aymable vertu ſenſible à ma memoire
Pouuoit ſi doucement mes vieux ans ſecourir,
O mon fils bien-aymé, ie t'ay donc fait mourir?

M

C'eſt donc là le malheur qu'a produit ton ſilence?
Tu meurs par ta ſageſſe, & par mon imprudence?
Amans, que de bonheur le ſort deuoit combler,
La mort mieux que le Ciel a ſçeu vous aſſembler.
Dieux, entendez mes cris, & leur redonnez l'ame;
Ah! rendez-leur la vie, & ie leur rends ma flame.
Belles ames, venez r'animer cés beaux corps;
Et n'abandonnez point ces aymables treſors.
Vous pourriez-vous laſſer d'eſtre icy priſonnieres?
Mais ie croy que les Dieux exaucent mes prieres.
Déſia le cœur leur bat, & ie leur ſens du poux.

HERSILIE.

Helas! eſt-il bien vray?

ARGILEON.

        Lyſis, parlez à nous.

HERSILIE.

Aſpaſie, eſcoutez celle qui vous appelle;
Reuenez des horreurs de la nuit eternelle.

ARGILEON.

Dieux, faites-les reuiure, & qu'en les vniſſant
I'acquiere le bonheur de mourir innocent.
Chaſſez ainſi les maux dont mon ame eſt ſaiſie.
Lyſis, ouurez les yeux.

HERSILIE.

Parlez-nous, Aspasie.

AGENOR.

Dieux! elle a tressailly.

ARGILEON.

Ie sens de la chaleur.

HERSILIE.

Ie luy voy, ce me semble, vn peu plus de couleur.

ARGILEON.

La force luy reuient, il ouure la paupiere.
Dieux, vous me r'animez, luy rendant la lumiere.

LYSIS.

Où suis-ie? ah! ie me voy dans ces aymables champs
Destinez pour les bons, & fermez aux meschans:
Voicy le bel ombrage, & la forest sacrée
Où des morts innocens la troupe se recrée:
Mais on ne vit iamais arriuer en ces lieux,
Ny d'Amant plus parfait, ny de fils plus pieux.
Vous qui m'enuironnez, ô bienheureuses ames,
Apprenez le destin de mes cruelles flames.
Le respect m'a rauy les fruicts de mon amour,
Et le respect encor m'a fait perdre le iour:
Qui m'a donné la mort, me donna la naissance.

M ij

ARGILEON.

O Dieux, que ce discours fait voir leur innocence.

LYSIS.

Mon pere est possesseur de mes biens amoureux;
Et i'ay voulu mourir pour le laisser heureux.

ARGILEON.

Ah! mon fils, la voila, ie ne l'ay point rauie.
Je vous rends vostre bien, le Ciel vous rend la vie.

LYSIS.

Quoy doncques, ie reuiens du sommeil eternel?
Mon pere, ah! qu'ay-ie fait? que ie suis criminel.

ARGILEON.

Ah! mon fils.

LYSIS.

    Punissez cet enfant miserable.

ARGILEON.

Ne parlez pas ainsi, c'est moy qui suis coupable.

LYSIS.

Pardonnez-moy, mon pere, & sans me secourir,
Joüissez d'Aspasie, & me laissez mourir.

ARGILEON.

Mais vous mesme, mon fils, ioüissez d'Aspasie.
Non, non, ie vous la rends, le Ciel vous l'a choisie.

LYSIS.

Elle est vostre.

ARGILEON.

Elle est vostre.

LYSIS.

Ah! ne m'abusez pas.

HERSILIE.

Elle reuient aussi.

ASPASIE.

Chere ombre du trépas,
Ne m'abandonnez point. ô jalouse lumiere.
Mais quel Demon m'assiste à mon heure derniere?

HERSILIE.

C'est moy, ma fille.

ASPASIE

Helas! quoy donc? mon triste sort
Veut adjouster la honte encores à ma mort?

ARGILEON.

Non, mais à vostre vie il veut donner la joye.
Jouissez du bonheur que le Ciel vous renuoye.
Viuez, mes chers enfans, je me suis repenty:
Les Dieux à mon hymen n'auoient point consenty.
Moy-mesme ie le romps; & vous vnis ensemble.

LYSIS.
Quel espoir me seduit? ie resue, ce me semble.

ARGILEON.
Non, vous ne resuez point : mon fils, releuez-vous.
Regardez-moy d'vn œil qui ne soit plus jaloux.
Aussi ne deuez-vous craindre ma jaloussie.
Receuez de ma main cette chere Aspasie.
Joüissez l'vn de l'autre ; aymez-vous pour iamais ;
Et ce qui fut mon mal, soit mon bien desormais.
Embrassez-la, mon fils, r'allumez vostre flame.

LYSIS.
Quels heureux changemens.

ASPASIE.
Ah! Lysis.

LYSIS.
                    Ah! mon ame.

AGENOR.
Que le Ciel à present nous répand de tresors.
Et qu'il donne des biens par d'étranges ressors.

HERSILIE.
Ah! bons Dieux, quelle joye à la mienne est pareille?

ARGILEON.
Mais allons assembler cette double merueille.

LYSIS.

Que ie baiſe vos pieds, des peres le plus doux,
Pour l'extrême faueur que ie reçoy de vous.

ARGILEON.

Embraſſez-moy tous deux: allons, qui nous retarde?
Le Ciel d'vn œil plus doux à preſent nous regarde.

FIN.

PRIVILEGE DV ROY.

LOVIS par la grace de Dieu Roy de France & de Nauarre, A nos amez & feaux Conseillers les Gens tenans nos Cours de Parlement, Maiftres des Requeftes ordinaires de noftre Hoftel, Bailliffs, Seneschaux, Preuofts, leurs Lieutenans, & tous autres nos Iuftieiers & Officiers qu'il appartiendra, Salut. Noftre cher & bien amé IEAN CAMVSAT Libraire Iuré en l'Vniuerfité de noftre bonne ville de Paris, Nous a fait remonftrer qu'il a recouuré vne Comedie nouuelle intitulée, ASPASIE, laquelle il defireroit faire imprimer s'il auoit nos Lettres fur ce necessaires, lesquelles il nous à tres-humblement fupplié de luy accorder. A CES CAVSES, Nous auons permis & permettons par ces prefentes à l'Expofant d'imprimer, ou faire imprimer, vendre & debiter ladite Comedie intitulée Afpafie, en tous les lieux de noftre obeiffance, en telles marges, en tels caracteres, & autant de fois que bon luy femblera, durant l'efpace de neuf ans entiers & accomplis, à compter du jour qu'elle fera acheuée d'imprimer pour la premiere fois. Et faifons tres-expreffes defenfes à toutes perfonnes de quelque qualité & condition qu'elles foient, de l'imprimer, faire imprimer, vendre & diftribuer en ce Royaume durant ledit temps, fans le confentement de l'Expofant, fous pretexte d'augmentation, correction, changement de tiltre & infcription, ou autrement, en quelque forte & maniere que ce foit, à peine de quinze cens liures d'amende, payable fans deport par chacun des contreuenans, de confifcation des exemplaires contrefaits, & de tous defpens, dommages & interefts, ladite amende applicable vn tiers à Nous, vn tiers à l'Hoftel Dieu de Paris, & l'autre tiers audit Expofant, à condition qu'il en fera mis deux exemplaires en noftre Bibliotheque publique, & vn en celle de noftre tres-cher & feal le Sieur SEGVIER Cheualier, Chancelier de France, auant que de l'expofer en vente, à peine de nullité des prefentes: Du contenu defquelles nous vous mandons que vous faciez jouïr & vfer plainement & paifiblement ledit Expofant & ceux qui auront droict de luy, fans qu'il leur foit donné aucun trouble ny empefchement. Voulons qu'en mettant au commencement ou à la fin de chacun exemplaire vn bref extrait des prefentes, elles foient tenuës pour deuëment fignifiées, & que foy y foit adjouftée, & aux copies collationnées par l'vn de nos amez & feaux Confeillers & Secretaires comme à l'original. Mandons en outre au premier noftre Huiffier ou Sergent fur ce requis de faire pour l'execution d'icelle tous exploits neceffaires fans demander autre permiffion: Car tel eft noftre plaifir, nonobftant oppofitions ou appellations quelconques, & fans preiudice d'icelles, Clameur de Haro, Chartre Normande, & autres lettres à ce contraires. Donné à Paris le quatorziefme iour de Feurier l'an de grace mil fix cens trente-fix, & de noftre regne le vingt-fixiefme.

Par le Roy en fon Confeil,   CONRART.

www.ingramcontent.com/pod-product-compliance
Ingram Content Group UK Ltd.
Pitfield, Milton Keynes, MK11 3LW, UK
UKHW022321070726
13614UKWH00002B/880